La vie qui file

Comédie

Geneviève STEINLING

La vie qui file

Comédie

Copyright © 2022 Geneviève Steinling
Tous droits réservés.

Edition BoD Books on Demand.
12/14 rond-point des Champs-Elysées, 75008 Paris
Impression: BoD - Books on Demand, Norderstedt. Allemagne

ISBN/978-2322379835
Dépôt légal : avril 2022

*Je dédie cette pièce
à ceux et celles qui, un jour,
ont décidé de couper le fil de leur vie.*
G. S.

« *Le suicide n'est pas une lâcheté
comme le disent les prêcheurs qui exagèrent.
Ce n'est pas non plus un acte de courage.
C'est une lutte entre deux craintes.
Il y a suicide
quand la crainte de la vie l'emporte
sur la crainte de la mort.* »

Victor Hugo *(Philosophie prose, 1846:47)*

UN SEUL DÉCOR
Lieu neutre.
Côté cour : une porte noire avec un grand M.
Côté jardin : une porte blanche avec un grand V.
Un ordinateur sur un pupitre.
Deux immenses cartons atypiques à l'image du couple (laissés à l'imagination de chacun), sont disposés devant une stèle avec inscription du prénom des protagonistes et date de naissance.
Une immense bobine est entourée d'un fil qui se déroule lentement. Dans le même temps, une grosse bougie se consume.
Pour renforcer la singularité de la situation, on jouera sur la lumière en choisissant plusieurs couleurs, qui inonderont à tour de rôle l'espace comme pour dessiner différents tableaux.

MUSIQUE *(suggestions)*
<u>Au début :</u> « La Danse Rituelle du Feu » (l'Amour Sorcier – El Amor Brujo) de Manuel de Falla.
<u>Au final :</u> « La Danse Macabre » de Camille de Saint-Saëns.

PERSONNAGES :

KATIA : Jeune femme naïve mais logique vêtue d'une longue tunique blanche qui lui couvre les pieds.

MATHIEU : Jeune cadre pragmatique vêtu d'une longue tunique blanche qui lui couvre les pieds.

LA VIE : Elle est belle, douce et maternelle tout en étant autoritaire avec La Mort. Elle est habillée de bleu et porte une couronne d'étoiles sur la tête.

LA MORT : Asexuée, emblématique, singulière, paradoxale, parfois effrayante ou drôle, elle est vêtue de noir et tient dans ses mains une paire de ciseaux disproportionnée.

La Vie et La Mort se chamaillent à l'image d'un vieux couple.

VOIX OFF :
- La mère de Mathieu.
- La mère de Katia.
- La meilleure amie de Katia.

Pièce en un seul acte

Sur scène : deux grands cartons atypiques.
Musique : début de « La Danse Rituelle du Feu » de Manuel de Falla.
Le rideau se lève et la lumière se fait progressivement pour devenir blanche, presque éblouissante.
La musique cesse.
Un temps de silence oppressant.
Un carton s'ouvre, Katia apparaît. La lumière l'éblouit.
Elle se lève, découvre le lieu, regarde le carton de Mathieu.

KATIA : Mathieu… Mathieu …. Connais pas ! Mat, Mat. Mat, Mat, Mathieu … Non, connais pas ! *(Elle essaie d'ouvrir le carton.)* Ohé y a quelqu'un ? Ohé, ohé ! Ohé ! Répondez ! *(Le carton bouge.)*

Réaction contradictoire : Katia court se cacher à l'intérieur de son carton. Mathieu sort d'un bond, aveuglé par la lumière.

MATHIEU : Putain, ça fait mal aux yeux ! Où est-ce que je suis ? *(La lumière se fait plus douce.)*
Qu'est-ce que c'est que cette tenue ?
(Il aperçoit sa pierre tombale.) C'est mon nom… Et ma photo ! C'est quoi, cette plaisanterie ?
(Il passe à côté de la bobine, la tourne d'un tour.) Bizarre.
Une bougie ! Allumée ! Bizarre.
(Il aperçoit le carton de Katia qu'elle a refermé, s'approche, lit l'inscription.)
Katia.

Le carton de Katia s'ouvre brusquement.
KATIA : *(Enjouée.)* Présente !

Katia est assise mais reste dans la boîte.

Après l'effet de surprise…
MATHIEU : Ah ben, vous me rassurez, je ne suis pas seul… Vous allez pouvoir m'expliquer à quoi rime cette mascarade…

KATIA : Mascarade ? *(Calmement.)* Non, je ne pense pas que ce soit une mascarade.

MATHIEU : *(Énervé.)* Si ce n'est pas une mascarade, expliquez-moi, j'aimerais comprendre.

KATIA : Comprendre quoi ?

MATHIEU : *(Perdant patience.)* Ça, c'est quoi ! C'est quoi tout ça ?
(Il marche à grands pas énervés.) Où sommes-nous ?

KATIA : Vous ne devinez pas ?

MATHIEU : Non.

KATIA : Moi, je crois savoir.

MATHIEU : Qu'est-ce que vous attendez pour me le dire ?

KATIA : Dois-je vraiment ?

MATHIEU : Vous commencez à m'agacer. D'abord, qui êtes-vous ? Il ne me semble pas vous connaître.

KATIA : C'est la première fois que je vous vois aussi. Faisons connaissance. Moi, c'est Katia.

MATHIEU : Je sais, votre prénom est inscrit ici. Moi, c'est Mathieu.

KATIA : Je sais, votre prénom est inscrit là.

MATHIEU : *(Se radoucissant, comme à lui-même.)* C'est quoi, cette blague ?

KATIA : *(À voix basse.)* Ce n'est pas une blague. *(À voix haute.)* Vous et moi sommes... Euh... Comment vous dire... Enfin, vous comprenez...

MATHIEU : Non. Sinon pourquoi je vous le demanderais ?

KATIA : Nous sommes... Bon, disons, nous sommes passés dans un autre monde.

MATHIEU : Je n'ai pas envie de rire.

KATIA : Moi non plus.

MATHIEU : Alors expliquez-moi pourquoi nous sommes là, qui nous y a emmenés et dans quel but.

KATIA : Je suis comme vous. Je découvre. Et j'en tire la conclusion que vous savez.

MATHIEU : Non, justement je ne sais pas mais cette ambiance sordide ne me dit rien qui vaille… Je m'en vais. Et vous feriez bien d'en faire autant.
(Il essaie d'ouvrir la porte sur laquelle est marqué V.)
C'est fermé à clé.
(Il essaie d'ouvrir la porte marquée d'un grand M.)
Fermée à clé. Aussi. Et le M ? Sur cette porte-là ? À quoi correspond-t-il ? Merde ! Qu'est-ce qu'il veut dire ?

KATIA : M… M…. M comme …
(Elle rit.) M comme Mathieu.

MATHIEU : Vous n'avez pas l'air de percuter.

KATIA : Je plaisantais.

MATHIEU : Je ne peux ouvrir ni cette porte-là, ni celle-là. Vous savez ce que ça veut dire ?

KATIA : Oui.

MATHIEU : *(énervé)* Non vous ne savez pas ! Ça veut dire que nous sommes, vous et moi, enfermés dans ce lieu qui ne comporte aucune fenêtre.

KATIA : Pas la peine de vous mettre dans cet état. C'est normal qu'il n'y ait pas de fenêtre.

MATHIEU : Quand vous aurez fini de jouer aux devinettes, faites-moi signe !

Indifférente, elle se lève, regarde les stèles.
KATIA : Vous êtes né la même année que moi ! Comme c'est drôle, juste un jour avant moi.

MATHIEU : Je ne vois pas en quoi c'est drôle mais bon…

KATIA : Il manque la date de notre mort… Pour le coup ce sera la même pour vous et pour moi.

MATHIEU : Comment pouvez-vous le savoir ?

KATIA : Le M sur cette porte, il veut dire « mort ». Vous et moi sommes morts. Morts ! Ici et maintenant.

MATHIEU : Déduction idiote.

KATIA : Et pourquoi ?

MATHIEU : Parce que vous et moi parlons et tout le monde sait que les morts ne parlent pas.

KATIA : Ça, c'est ce qu'on nous a appris là-bas. Reconnaissez que personne ne l'a jamais vérifié.

Du bruit stressant. Regards interrogatifs.
La porte marquée M s'ouvre brusquement.
La Mort, majestueuse et atypique entre tenant en main une immense paire de ciseaux.
Katia et Mathieu ne semblent pas très rassurés.

LA MORT : Bientôt vous ne parlerez plus. *(Elle s'avance, inspecte Mathieu et Katia.)* Ils ont été corrects pour la livraison. Ils ont tenu les délais.

MATHIEU : Livraison ! Délai ! Qu'est-ce que ça signifie ? *(Se reprenant.)* Vous êtes qui, vous ?

LA MORT : Tu ne devines pas ?

MATHIEU : Non.

KATIA : Moi si… Euh… Enfin… Je crois savoir.

MATHIEU : *(À La Mort.)* C'est quoi, ce délire ?

La Mort vérifie ce qui est écrit sur les stèles et compare les photos qu'elle a en main avec les deux personnages.

LA MORT : Mathieu… Katia … La bougie est allumée… La bobine est bien là… Le fil tourne… Tout y est. *(Un temps.)* Toi, tu es Mathieu et elle… Katia. La marchandise est conforme.

MATHIEU : La marchandise !
(À Katia.) Vous êtes de la marchandise, je suis de la marchandise, nous sommes de la marchandise.

KATIA : Ils ou elles sont de la marchandise.

MATHIEU : Ça n'a pas l'air de vous déranger.

KATIA : Ben, c'est logique : nous sommes arrivés dans des cartons ! *(Elle s'assied dans son carton.)*

MATHIEU : Comme des bouquins, des fringues, des outils, des… du…

KATIA : … Du maquillage.

LA MORT : Stop ! Passons à l'étape suivante.

MATHIEU : C'est-à-dire ?

MORT : Réception terminée et conforme… Maintenant je vais vous conduire à votre destinée.

MATHIEU : Notre destinée ?

LA MORT : Quand la bobine sera vidée de son fil *(Elle défait un tour.)* - *(En aparté.)* Qu'est-ce que c'est lent. - Je disais que quand la bobine sera vidée de son fil et que la bougie sera consumée, j'ouvrirai cette porte-là *(avec un M.)*… L'ultime porte derrière laquelle se trouve le mystère.

MATHIEU : Quel mystère ?

LA MORT : Celui de la nuit éternelle.

KATIA : J'avais raison pour le M, il veut bien dire ce que j'ai dit…
(Mathieu la regarde interrogatif.)
Le M sur la porte : MMMM ORT
(En chantant.) Amen.
(Elle se couche dans son carton.)

MATHIEU : Vous ? Vous avez un p'tit… *(Il fait un signe avec sa main comme pour dire qu'elle est folle.)*

KATIA : Mais avant juste une chose à vérifier. *(Toujours dans son carton, elle se tortille et se mord un orteil.)* Okay, c'est bon, je ne sens rien.

MATHIEU : Vous, vous êtes un peu dérangée.

KATIA : Non mais pour qui vous prenez-vous ! Faites le test si vous ne me croyez pas ! Comme ça. *(Se mord à nouveau.)*

MATHIEU : Vous allez vous faire saigner.

KATIA : Pas une goutte. Pas une seule. Regardez !

MATHIEU : Après tout, c'est votre problème. Pas le mien. Chacun ses priorités et pour l'instant la mienne, c'est celle-là.

Il essaie à nouveau d'ouvrir la porte M sans y parvenir.

LA MORT : Tu n'y arriveras pas, tu n'as pas la clé. *(La lui brandissant, taquin.)* Elle est là et tu ne l'auras pas.

MATHIEU : Alors si vous pouviez avoir l'amabilité de m'ouvrir celle-ci. *(Avec un V.)*

LA MORT : Surtout pas celle-là !

Mathieu court d'une porte à l'autre.

MATHIEU : L'autre alors…

LA MORT : Patience, Nous allons bientôt y aller ensemble.

MATHIEU : Je ne veux pas y aller avec vous. Ouvrez-moi celle-ci. *(Celle avec un V.)*

LA MORT : Jamais ! Jamais, tu m'entends ! Jamais ! Cette porte-là est celle par laquelle vous venez d'arriver.

MATHIEU : Et le facteur, c'est l'ange Gabriel ? La plaisanterie a assez duré.

LA MORT : Est-ce que j'ai l'air de plaisanter ?

MATHIEU : Et ça c'est quoi ? *(Montrant ces vêtements.)* Où sont mes vêtements ! Les miens !

LA MORT : Vous avez la tenue réglementaire. Tout est dans les normes.

KATIA : Moi aussi je suis dans les normes. *(Regard de Mathieu.)* Je porte les mêmes vêtements que vous… *(Elle se lève du carton, tourne sur elle-même.)* Unisexe. *(Elle s'assied en tailleur, décontractée.)*

MATHIEU : J'ai atterri dans une secte. C'est ça ?

LA MORT : Non.

MATHIEU : Et vous ? Vous êtes le gourou.

LA MORT : Non.

MATHIEU : Alors qui êtes-vous caché sous ce déguisement qui ne ressemble à rien ?

LA MORT : Ce n'est pas moi qui choisis.

MATHIEU : Vous êtes ridicule.

LA MORT : Ta réaction est légitime parce que les images sublimées d'un mythe...

MATHIEU : Un mythe ?

LA MORT : Laisse-moi parler !... Je disais : ta réaction est légitime parce que les images sublimées d'un mythe…

MATHIEU : Vous, vous êtes un mythe ?

LA MORT : Oui. Mais si tu ne veux pas connaître la suite…

KATIA : Moi, je veux !

LA MORT : *(À Mathieu.)* Tu n'es pas obligé d'écouter.
(À Katia.) Les images sublimées d'un mythe tombent dans le ridicule quand l'esprit n'est plus en mesure de se fier à son jugement humain.

MATHIEU : Intello en plus d'être ridicule.

KATIA : Je ne suis pas de votre avis pour ce qui est du ridicule. Je trouve sa tenue originale et qui lui va très bien.

LA MORT : Merci, Katia.

KATIA : Pas de quoi !

MATHIEU : Nous ne devons pas voir la même chose, vous et moi.

LA MORT : Si.

MATHIEU : Comme quoi la subjectivité n'est pas un vain mot.

LA MORT : La subjectivité n'a rien à voir parce que je suis le produit de l'imagination collective et que tu le veuilles ou non, je vous apparais sous les mêmes traits.

KATIA : *(À La Mort.)* Juste une question. Je n'arrive pas à me mettre d'accord avec moi-même. Vous êtes masculin ou féminin ?

LA MORT : Ni l'un ni l'autre. Juste une image suggérée par une représentation symbolique avérée.

MATHIEU : Qu'est-ce qu'il ne faut pas entendre !

LA MORT : Bientôt tu ne m'entendras plus. Je disparaitrai…

MATHIEU : Très bonne idée. Je serais vous, je disparaîtrais maintenant, là, tout de suite et qu'on en finisse… Mais avant, vous me refilez les clés.

LA MORT : Tant que vous serez tous les deux en mesure de m'imaginer, tant que vous aurez un tant soit peu de conscience, vous me verrez.

MATHIEU : Elle et moi sommes dans un rêve. Je suis avec une inconnue dans le même rêve.

KATIA : Non. Vous ne dormez pas. La preuve est là. (*Elle se mord à nouveau.*)

MATHIEU : Vous n'êtes pas nette, vous, pas nette du tout.

LA MORT : Elle dit la vérité.

KATIA : Ah ! Vous voyez !

MATHIEU : Arrêtez d'approuver tout ce que cette personne-là dit. Nous sommes dans la même galère, vous et moi. Il va falloir se serrer les coudes et marcher main dans la main.

KATIA : Oh ! Pas si vite ! J'ai besoin de personne pour me tenir la main, moi ! Et les décisions qui me concernent sont prises par moi… Par moi seule.

LA MORT : (*Comme une évidence et amusé.*) Dans un laps de temps relativement court, vous ne déciderez de plus rien, vous ne penserez plus, vous n'existerez plus et une deuxième date s'inscrira, ici à côté de celle de votre naissance.

KATIA : (*À Mathieu.*) Quand je vous disais que la date de notre mort serait identique.

MATHIEU : Pour l'instant, nous sommes encore vivants à ce que je sache.

LA MORT : Pas tout à fait. Vos cerveaux sont encore en mesure de réagir, au ralenti certes, mais ils sont encore actifs. Par contre, vos corps ne ressentent plus rien.

MATHIEU : *(Ironique.)* Puisque mon cerveau est encore en état, il vous dit qu'il n'est pas très rassuré en voyant cette paire de ciseaux que vous ne lâchez pas… Si vous pouviez la poser quelque part...

LA MORT : Non. Elle fait partie de moi.

MATHIEU : Fait partie de vous !

KATIA : Pour nous couper en morceaux ?

MATHIEU : *(Ironique.)* Et nous manger après !
(Regard effrayé de Katia.)
Qu'est-ce que vous pouvez être bête, vous, alors !

KATIA : Pourquoi vous tenez ces ciseaux en main ? Dites, pourquoi ?

LA MORT : Parce que vous êtes en transition… En attente de.

MATHIEU : En attente de quoi ?

KATIA : Nous sommes au purgatoire.

LA MORT : Non, juste en attente. Nous devons respecter le protocole, ce n'est pas encore tout à fait le moment. Patience ! En attendant et pour gagner du temps, nous allons commencer à remplir le formulaire.
(Elle va au pupitre et allume l'ordinateur.)

MATHIEU : Qu'est-ce que c'est encore que cette salade ?

LA MORT : Ce serait trop long à vous expliquer. Le concept dépasse vos capacités intellectuelles.

MATHIEU : Autrement dit, nous sommes deux idiots face à une intelligence supérieure. C'est bien ça ?

LA MORT : On pourrait parler d'intelligence si j'étais une réalité… Ce qui n'est pas le cas.

KATIA : Qui c'est qui disait: *to be or not to be* ?
(À La Mort.) Ça veut dire « être ou ne pas être ».

LA MORT : Je sais. Je suis en mesure de comprendre et de parler toutes les langues qui existent sur votre Terre.

KATIA : Même l'inuit ?

MATHIEU : Non, mais c'est pas vrai ! C'est pas vrai… Nous sommes dans une situation abracadabrante et vous, vous nous rajoutez les esquimaux.

KATIA : Qu'est-ce que vous avez contre les esquimaux ?

MATHIEU : *(En soupirant.)* Rien… Rien du tout.

LA MORT : *(À Katia.)* Et je connais tout leur continuum linguistique… l'inupiaq, l'inuktum, l'inuktitut, le…

MATHIEU : Si vous vous y mettez aussi, je vais en venir aux mains et je vais…

Il s'avance vers La Mort et il essaye de l'attraper mais n'y parvient pas.

LA MORT : Je suis intouchable.

MATHIEU : Comment vous faites ça ?

KATIA : Elle est intouchable parce qu'elle est La Mort !

LA MORT : *(Théâtrale et effrayante.)* Je suis La Mort *(Elle se place au milieu de la scène en tenant ses ciseaux et joue avec. Elle va réagir en silence au dialogue qui suit.)*

MATHIEU : Arrêtez de dire n'importe quoi tous les deux !

KATIA : Vous ne voulez pas comprendre ! Vous et moi sommes morts ! Morts ! M-O-R-T … avec un s… c'est au pluriel !

MATHIEU : Dommage que vous ayez un pois chiche à la place du cerveau parce que vous n'êtes pas trop mal physiquement.

KATIA : Loin de moi l'idée de vous plaire. L'idiot, c'est vous. Pas moi ! Mordez-vous ! Vous aurez la preuve que vous êtes bien mort.

MATHIEU : Il y avait longtemps !

KATIA : Qu'est-ce que vous attendez ?

Mathieu hausse les épaules. Aussitôt Katia se jette sur lui et à quatre pattes, elle lui mord un orteil.

MATHIEU : Ça va pas, non ? Espèce de malade !

KATIA : Vous sentez quelque chose ?

MATHIEU : *(Hors de lui.)* Non ! Mais là… là, regardez la marque de vos crocs !

KATIA : Mais vous ne saignez pas.

MATHIEU : Encore heureux.

KATIA : Donc ! La preuve est là : vous êtes mort !

MATHIEU : C'est une idée fixe chez vous.

KATIA : Écoutez-moi pour une fois ! Je vous mords l'orteil, vous ne sentez rien. C'est un des premiers signes. Non ? Souvenez-vous de là-bas, souvenez-vous de vos cours d'histoire…
(Elle récite.) « Au 18ème siècle, on nommait croque-morts les employés des pompes funèbres car ils croquaient les orteils des cadavres pour s'assurer qu'il étaient bien morts. »

MATHIEU : Assez avec votre logique débile ! L'explication est toute autre : nous avons les membres ankylosés, ce doit faire un bon moment que nous sommes figés dans cette position… Dans ce machin truc chose…
(À La Mort.) Quel jour sommes-nous ?

LA MORT : *(Posant ses ciseaux sur le pupitre et se remettant devant l'ordinateur.)* Aucune importance.

MATHIEU : Mon téléphone ? Où est mon téléphone ?

LA MORT : Il ne te servirait à rien ici !

MATHIEU : Où il est ? Où est mon téléphone ?

LA MORT : Je te répète qu'ici, il est inutile.

MATHIEU : Respirons ! Respirons bien profondément ! Restons zen ! Calmons-nous !

KATIA : Moi je suis calme !

MATHIEU : Parce que vous ne saisissez pas la dramatique de la situation.

KATIA : Vous vous trompez. Je saisis tellement la situation que je vais vous donner un tuyau.

La Mort, étonnée, les regarde à tour de rôle sans rien dire.

MATHIEU : Un tuyau ! Pff ! Elle va me donner un tuyau !

KATIA : Oui, un tuyau…

MATHIEU : Allez-y ! On n'est plus à ça prêt ! Je suis curieux de savoir quelle connerie vous allez nous pondre !

KATIA : Tirez-vous les cheveux !

La Mort fronce les sourcils.

MATHIEU : Vous êtes complètement frappée.

KATIA : Deux preuves valent mieux qu'une… Je vous assure, faites-le !

MATHIEU : Non !

KATIA : Désolée mais vous m'y obligez…

Elle bondit sur lui et lui tire les cheveux.
La Mort rit franchement (leur faisant peur par jeu).
Regard vexé de Mathieu.

MATHIEU : Ça commence à bien faire.

KATIA : C'était un test pour confirmer le premier.

MATHIEU : Il faudrait vous faire soigner, et pas qu'un peu.

KATIA : Est-ce que vous avez ressenti une douleur, là, sur votre crâne, à la racine, sur la base de l'implantation quand j'ai tiré dessus ?

MATHIEU : Rien senti. Vous n'avez pas tiré, vous m'avez juste écrasé de votre présence.

KATIA : Ah non, j'ai tiré et même très fort… Regardez ! *(Lui montre une touffe de cheveux.)*

Rire à nouveau de La Mort.

MATHIEU : C'est pas vrai ! C'est pas vrai, ça, vous m'avez arraché des cheveux ! Vous vous rendez compte !

KATIA : J'y suis allée un peu fort, je reconnais mais pour vous convaincre, il faut utiliser les grands moyens.

MATHIEU : Ah okay ! Okay ! Okay ! J'y suis ! Vous fantasmez sur les hommes chauves. C'est ça ? Allez ! Ayez le courage d'avouer !

KATIA : Vous avez de drôles d'idées. Vraiment. Est-ce que vous avez eu mal ?

MATHIEU : Non. Ce qui est étonnant d'ailleurs.

KATIA : Moi, ça ne m'étonne pas, c'est la conséquence logique de ce que vous savez. En d'autres mots, maintenant, vous êtes insensible à toute douleur quelle qu'elle soit.

LA MORT : C'est ce que j'ai tenté tout à l'heure de vous expliquer. Les fibres nerveuses situées sous votre peau sont hors service.

MATHIEU : Vous, on ne vous a pas sonné et on arrête la plaisanterie. Vous avez compris ? On rentre chacun chez soi et on oublie.

LA MORT : Ce n'est pas une plaisanterie. Vos récepteurs à toute énergie sont inactifs puisqu'ici l'environnement extérieur n'existe pas. Aucune onde, aucune sensation. Vous êtes tous les deux dans une bulle de néant.
Katia approuve ostensiblement.

MATHIEU : Mais oui, oui bien sûr : vous êtes de connivence tous les deux. Vous voulez une rançon, c'est ça ?

LA MORT : Une rançon ! Pour quoi faire ?

MATHIEU : Ne faites pas l'innocent ou l'innocente, je vous en prie ! La fête est terminée. J'ignore l'heure qu'il est mais considérons que c'est le moment de revenir sur terre.

LA MORT : On ne peut plus. Avant l'heure c'est pas l'heure et après l'heure c'est plus l'heure.

MATHIEU : Les plaisanteries les plus longues ne sont pas les meilleures.

KATIA : *(en aparté)* Vous faites un concours de citations ?

LA MORT : *(Se reprenant.)* Vous auriez pu éventuellement bénéficier d'un sursis mais là, non, je commence à en douter.

MATHIEU : Un sursis, vous avez dit ?

LA MORT : Non, non, c'est fini… Sinon elle serait déjà là.

MATHIEU : Qui ?

LA MORT : Elle n'est pas là, c'est que vous n'avez pas été choisis, elle ne viendra plus.

MATHIEU : Qui « elle » ? Et choisis pour quoi faire ?

LA MORT : Oubliez !

MATHIEU : Vous jouez avec mes nerfs et je sens que…

LA MORT : Je ne joue pas et il vaut mieux éviter de jouer avec moi.

MATHIEU : Vous êtes en train de vous foutre de ma gueule. Je devais être complètement bourré pour me laisser enfermer dans ce carton.

Mathieu ouvre ses mains, souffle dedans et sent.

LA MORT : Pas la peine… Vos récepteurs olfactifs sont hors service.

MATHIEU : *(Ironique.)* Ah oui, c'est vrai, je suis mort. *(À Katia.)* Vous êtes morte, je suis mort…

MATHIEU et KATIA : Nous sommes morts.

KATIA : Vous l'admettez enfin !

MATHIEU : J'accepte l'éventualité mais je refuse d'y croire.

KATIA : Vous serez obligé d'y croire tôt ou tard.

MATHIEU : J'en doute. Commençons par le commencement. Comment suis-je arrivé ici ? Qui m'a mis là-dedans ? Et pourquoi ? Quelles sont vos intentions ?

LA MORT : Tu ne te souviens plus ?

MATHIEU : Non.

LA MORT *:* De rien ?

MATHIEU : Si je me souvenais de quelque chose, je ne serais pas là à discuter avec vous et cette folle.

KATIA : C'est moi que vous traitez de folle ?

MATHIEU : Votre comportement le laisse supposer.

LA MORT : Arrêtez de vous prendre la tête ! Ce n'est pas le but.

MATHIEU : C'est quoi le but ?

LA MORT : Chaque chose en son temps.

La Mort défait un tour de bobine.

MATHIEU : Vous vous amusez à quoi, là ?

LA MORT : Je déroule.

MATHIEU : Je vois bien que vous déroulez.

LA MORT : Si tu le vois, pourquoi me poses-tu la question ?

MATHIEU : Mais enfin, vous…

LA MORT : *(À Katia.)* Et toi ? Te reste-il encore un peu de mémoire ?

KATIA : Je me rappelle vous avoir implorée, je vous appelais de toutes mes forces.

LA MORT : Ah oui, pour crier fort, on peut dire que tu criais fort.

KATIA : C'était pour être entendue. Ça faisait mal au ventre à cause du poison.

MATHIEU : On vous a empoisonnée ?

KATIA : Besoin de personne, « je » me suis empoisonnée et toute seule, oui Monsieur, toute seule. Et j'en suis fière.

MATHIEU : Un suicide ?

KATIA : Oui, un suicide, ne vous en déplaise, Monsieur.

MATHIEU : Avec du poison ?

KATIA : Oui mais attention, avec du poison bio.

MATHIEU : Où va se loger la connerie humaine !

KATIA : Je vous fais grâce, Monsieur, de vos commentaires.

MATHIEU : Pourquoi avez-vous ingurgité du poison… bio ?

KATIA : Parce que je ne voulais plus de ma vie. Je ne veux plus entendre parler d'elle… Voilà, ce que je lui ferais si je l'avais en face de moi. *(Elle crache par terre.)* Voilà tout ce qu'elle mérite ma vie de merde *(Elle recrache.)*

MATHIEU : Vous êtes toujours comme ça ?... Ou bien…

KATIA : Fichez-moi la paix ! C'est enregistré ?

MATHIEU : Quel caractère !
(Changement de ton.) C'est dégoûtant de cracher par terre.

LA MORT : Lucifer s'en chargera, il adore le goût de la salive humaine.

MATHIEU : Lucifer ?

LA MORT : Lucifer ! Lucifer ! Viens ici !... Où se cache-t-il encore… Il finira bien par se montrer. Où en étions-nous ?

MATHIEU : Elle crachait son venin.

LA MORT *:* Oui, c'est ça…
(À Katia.) Vous avez chassé la vie.

KATIA : Et pour toujours.

La Mort défait à nouveau un tour de fil.
Soudain un bruit doux et gai à la fois.
La porte marqué V s'ouvre,
La Vie dans toute sa splendeur entre et stoppe la Mort.

LA VIE : Stop !!!! Arrête !

MATHIEU : Une tenue encore plus ridicule.

KATIA : Je ne trouve pas. C'est très joli ! En tout cas, plus joli que votre tenue et la mienne.

MATHIEU : Pff !
(À La Mort.) C'est votre complice ?

LA MORT : Non. Elle est ma complémentarité. Elle est la lumière et je suis les ténèbres.

KATIA : Dédoublement de personnalité, le bien et le mal.

MATHIEU : Vous, on peut dire que vous n'avez pas inventé le fil à couper le beurre. Vous ne voyez pas qu'ils sont ensemble ?

KATIA : Vous voulez dire en couple ?

MATHIEU : C'est évident !

KATIA : Je ne les trouve pas vraiment assortis.

MATHIEU : Votre avis n'a aucune importance.

KATIA : Oh ! Vous… Je…

LA MORT : *(À la Vie.)* Je ne t'attendais plus.

LA VIE : Tu croyais et tu espérais que je ne vienne pas. Mais tu te trompais. Je suis là, bien là !

LA MORT : J'espérais ne pas te voir, en effet.

KATIA : *(À Mathieu.)* Ils ne sont pas en couple. Ils « étaient » en couple. Nuance !

MATHIEU : Vous ne pouvez pas vous taire !

KATIA : Vous ne deviez pas être facile à vivre sur Terre. Nous n'aurions pas été bons amis.

LA VIE : Voilà l'acte de propriété. Il est à mon nom.

LA MORT : Je conteste. Il doit être à mon nom.

MATHIEU : On s'en fout de vos petites histoires. Laissez-nous partir !

KATIA : Moi j'aimerais bien savoir. C'est quoi ce bien que vous vous disputez ?

LA MORT ET LA VIE : *(Un moment d'hésitation puis montrant du doigt Katia et Mathieu.)* Vous !

Silence.

La porte marquée V se rouvre comme par un courant d'air.
Mathieu en profite pour vouloir se sauver.
La porte se referme avant qu'il n'arrive. Il essaie de l'ouvrir.

MATHIEU : On va faire un marché, vous m'ouvrez et moi, je vous donne ma parole que tout ça restera entre nous, vous n'entendrez jamais parler de moi. Gardez-la, elle, mais laissez-moi partir !

LA VIE : J'ouvrirai quand nous aurons rempli le bon de retour.

MATHIEU : Bon de retour ! Je rêve, je rêve, je rêve… Non !... Je cauchemarde !

LA VIE : Nous devons vous poser quelques questions.

MATHIEU : Pas envie de m'éterniser ici. Allez-y !

LA VIE : Mais avant, j'ai quelque chose à dire…
(À Katia.) Admets que tu n'as pas été très futée.

MATHIEU : Pas futée, oui je confirme.

LA MORT : Au contraire, je trouve qu'elle a fait preuve d'une grande lucidité. Vivre ou mourir, elle a fait le bon choix.

LA VIE : Non. Ce n'était pas le bon choix.
(À Katia.) Tu as fait le mauvais, le mau-vais.

KATIA : Si c'est pour m'engueuler que vous êtes venue, moi, je retourne dans mon carton.

LA VIE : Non ! Attends !
(Reproche en douceur.) Le temps sur terre est limité et toi, tu ne trouves rien de mieux que d'y mettre fin volontairement.

KATIA : C'est moi que ça regarde. Pas vous.

LA VIE : *(Maternelle.)* Tu as toujours été une enfant difficile et puis une ado pas facile. Quant à ton statut de femme, pas vraiment simple de te suivre.

KATIA : Comment vous savez ça ?
(Elle pleure.)

La vie veut la prendre dans ses bras, Katia la repousse violemment. La Vie tombe, La Mort l'aide à se relever.

MATHIEU : Question violence, vous vous en sortez plutôt pas mal !

KATIA : C'est de repenser à tout ça, il me revient des petits souvenirs.

MATHIEU : Pensez à autre chose, à des images gaies.

KATIA : Gaies… Ça veut dire quoi ? *(Elle pleure.)*

MATHIEU : Ce n'est pas le moment de pleurnicher. D'abord les nerfs qui lâchent et après ce sera au tour de votre cœur.

KATIA : Là, touchez !

MATHIEU : Poitrine ferme.

KATIA : Mais non imbécile, je veux que vous entendiez mon cœur battre. Là, ici, touchez…là !
(Il touche à nouveau.) Mettez votre tête !
(Il semble se plaire au creux des seins de Katia.) Alors ?

MATHIEU : Aucun mouvement. Je n'entends rien. Mais c'est doux et dodu. Je peux y retourner ?

KATIA : Non ! C'était juste pour vous prouver que le tic tac de l'horloge s'est arrêté. Si vous permettez, moi, je retourne là dedans. *(Elle s'avance vers le carton.)*

MATHIEU : Ah non, non, non, venez ! Nous devons marcher sinon nous risquons la phlébite.

KATIA : Vous faites exprès de ne pas comprendre ? *(Elle se dégage et rentre dans le carton.)*

MATHIEU : *(Séducteur et ironique essayant de prendre la Vie dans les bras mais n'y parvenant pas.)*
Donnez-moi de votre souffle !

LA MORT : Elle aussi n'est qu'apparence.

MATHIEU : *(Essayant à nouveau d'attraper La Vie sans y parvenir.)* Incroyable ! C'est quoi votre truc ?

LA MORT et LA VIE ensemble : Y a pas de truc.

MATHIEU : Ah si, si, si. Y a un truc. Je vous vois, vous et vous, mais je n'arrive pas vous toucher…
Ah ! Mais oui ! Oui ! Vous êtes des hologrammes.

LA MORT et LA VIE ensemble : Nous ne sommes pas des hologrammes.

LA VIE : *(À la Mort.)* Ne perdons pas de temps. Remplissons l'imprimé de retour. Là ! Écris leur nom.

LA MORT : *(En tapant sur l'ordinateur.)* Katia – K. A. T. I. A… Mathieu… M.A.T.I.E.U.

LA VIE : Le H ! Tu as oublié le H. Fais donc attention à ce que tu fais !

LA MORT : Oh ! Oh ! Je ne suis pas sous tes ordres, je te rappelle que nous sommes, toi et moi, au même niveau question hiérarchie.

MATHIEU : Et voilà que maintenant ils s'engueulent… On n'est pas sortis de l'auberge…
(À la Vie.) Si vous pouviez arrêter votre cinéma et m'éclairer de vos lumières…

LA VIE : La Haute Autorité vous offre la possibilité de changer votre destinée et cela c'est grâce à moi.

MATHIEU : J'avoue… Je plane…

LA VIE : Tout à l'heure, il y a eu éclipse totale du soleil…

MATHIEU : Et le rapport, c'est quoi ?

LA VIE : Ce jour-là, nous avons le pouvoir de changer la destinée de deux êtres humains.

MATHIEU : Et ces deux êtres humains, ce sont nous, elle et moi ?

LA VIE : Oui. Je vous ai proposés à la Haute Autorité et elle a validé mon choix. Vous êtes les élus.

MATHIEU : *(À Katia, en riant.)* Vous entendez : nous sommes les élus.

KATIA : Qu'est-ce que vous voulez que ça me fasse ?

LA MORT : J'ai toujours été contre cette faveur qu'on accorde en Haut Lieu.

LA VIE : Ce n'est pas une faveur, c'est la loi.

LA MORT : Non, la loi dit que la destinée de chacun est immuable. Nul ne peut la transgresser.

LA VIE : Sauf pour ces deux-là.

LA MORT : Je déteste les exceptions.

LA VIE : Ils ont été choisis en bonne et due forme. Je les prends, ils sont à moi.

KATIA : Prenez-le, lui, si vous voulez mais pas moi. Je n'appartiens à personne.

MATHIEU : Je suis dans un asile de fous.

KATIA : Faites comme moi : rentrez dans votre boite et ne pensez plus à rien !
(Elle se couche dans son carton.)

MATHIEU : *(Secouant le carton de Katia.)* Dans un instant je vais me réveiller. C'est sûr, je vais me réveiller. Hein dites, je vais me réveiller ?

KATIA : Arrêtez de m'importuner !

LA VIE : La bobine tourne. Quand il n'y aura plus de fil autour, il sera trop tard. Et la bougie se consume. Dépêchons-nous de remplir le bon.

Mathieu essaye d'arrêter la bobine sans y parvenir.
Il s'assied dessus.

LA VIE : *(À la Mort.)* Quelle est la première question ?

LA MORT : Sont-ils bien arrivés ?
(La Mort aperçoit Mathieu sur la bobine.) Descends de là !

LA VIE : Laisse-le ! Ne perdons pas de temps. Vas-y ! Coche la case « oui » !

LA MORT : Il va endommager notre matériel, tu sais bien, avec les restrictions budgétaires, nous risquons d'avoir un avertissement.

LA VIE : La bobine est solide, elle ne craint rien et toi, tu me retardes, coche « oui ». *(La Mort coche.)*

LA MORT *:* Deuxième question : chacun dans sa boite respective ?

LA VIE : Oui

LA MORT : Passons aux motivations.
(À Mathieu.) Je t'écoute.

MATHIEU : Laissez-moi un peu de temps !… Besoin de me réveiller complètement.

KATIA : Vous avez de la chance de réussir à dormir debout parce que moi, même couchée, pas moyen.

MATHIEU : Je ne suis pas debout, je suis assis.
(Katia s'assied dans sa boite et le voit.)

LA MORT : *(À Katia.)* Approche, commençons par toi ! *(Elle ne bouge pas.)*

LA VIE : Le temps s'écoule, dépêche-toi !

MATHIEU : C'est vrai ça, dépêchez-vous ! Ne m'obligez pas à venir vous chercher de force.

KATIA : Ça va, ça va, j'arrive. *(Elle s'avance.)*

LA MORT *:* Quelle est la raison pour laquelle tu m'as appelée ?

KATIA : Je n'espérais plus rien.

LA MORT : *(Notant)* Plus aucun espoir…
(À la Vie.) Je la prends. Elle reste ici. Et lui aussi.

MATHIEU : Ah non, je n'ai pas envie, mais alors pas envie du tout, de rester ici.

KATIA : Moi si. Je n'ai pas demandé à vivre. Ma naissance m'a été imposée, mais je peux rompre ma vie. Je veux être soulagée de mes souffrances. Et si j'ai choisi de mettre, moi-même, fin à mes jours…

LA MORT *:* Avec mon aide.

LA VIE : Laisse-la parler ! Contente-toi de noter !

LA MORT *:* Je n'ai pas d'ordre à recevoir de toi !

LA VIE : Très bien, pousse-toi !

La Vie prend le relai et note.
La Mort débobine un tour de fil. La bobine fait plusieurs tours très vite alors que Mathieu est toujours assis dessus.

MATHIEU : Qu'est-ce qu'on rigole ici !

La Vie abandonne son clavier d'ordinateur et rembobine.

LA VIE : *(À la Mort.)* Tricheuse !

MATHIEU : Et hop je tourne de l'autre côté ! Un coup à gauche, un coup à droite !

KATIA : Faites-moi de la place, il n'y a pas de raison que vous soyez le seul à vous amuser.

MATHIEU : Si vous y tenez !

Katia et Mathieu sont assis en tailleur sur la bobine face à face.

LA VIE : *(À Katia.)* Pourquoi t'es-tu délibérément suicidée ?

KATIA : Pour plusieurs raisons.

MATHIEU : Vous avez laissé une lettre d'adieu ?

KATIA : Non.

MATHIEU : Même pas un mot ?... Un mot griffonné, je ne sais pas moi, sur un miroir.

KATIA : Avec un rouge à lèvres, c'est ça ? *(Changement de ton.)* Vous levez les yeux au ciel mais je suis sûre que vous pensiez à ce cliché, avouez !

MATHIEU : Je n'ai rien à avouer.

KATIA : Évidemment !

MATHIEU : Partir sans dire au revoir, sans explication, c'est le meilleur moyen de faire culpabiliser l'entourage qui reste.

KATIA : Quand l'entourage ne voit pas les signaux qui clignotent, tant pis pour lui.

MATHIEU : C'est une vengeance en somme, pour les mettre en souffrance.

KATIA : Oui, eh bien c'est comme ça. C'est fait. N'en parlons plus !

LA VIE : *(Notant.)* Souffrance… Vengeance.

MATHIEU : *(À Katia.)* Une petite question, juste comme ça, si vous permettez.

KATIA : Posez toujours.

MATHIEU : Est-ce que maintenant vous sentez que vous sentez que vous êtes soulagée de vos souffrances ?

KATIA : Que je sens… Que je sens quoi ?

MATHIEU : Si vous êtes vraiment morte comme vous le prétendez, ce dont je doute encore mais j'entre dans votre jeu parce que je veux voir où vous voulez en venir.

KATIA : Admettons !

MATHIEU : …Donc si vous êtes morte, vous ne sentez plus rien, c'est bien ce que vous affirmiez tout à l'heure ?

KATIA : Oui.

MATHIEU : Aussi, je ne vois pas comment vous pourriez vous rendre compte de votre soulagement car la souffrance et la non-souffrance n'existent plus ici, votre geste fatal ne vous a servi à rien.

KATIA : Vous étiez philosophe sur terre ?

La Mort et La Vie font non de la tête.

MATHIEU : Non.

KATIA : Psy alors ?

La Mort et la Vie font non de la tête.

MATHIEU : Ah non, non, non, non, j'étais…

LA VIE : Stop !

LA MORT : Pourquoi tu t'affoles ? À ce stade, sa mémoire n'est plus en mesure de se souvenir…

LA VIE : Personne n'est à l'abri d'un bug.

MATHIEU : Je… Je ne me rappelle plus… Je vais me concentrer, ça va revenir.

KATIA : Moi je me souviens bien… Je voulais en finir avec cette vie de merde. Et comme je l'ai dit tout à l'heure, si je l'avais devant moi, je lui cracherais dessus…
La Vie se place devant elle et la tourne vers elle.
La Mort prend le relai sur l'ordinateur.

LA VIE : Je suis là, crache ! Ne te gêne surtout pas.

KATIA : Vous voulez dire que vous…. Que vous êtes La Vie…

LA VIE : Oui, je suis La Vie.

MATHIEU : *(Les montrant du doigt.)* La Vie, la Mort… la Mort, la Vie… Vous me fatiguez.

KATIA : Idem.

MATHIEU : Idem ?

KATIA : Vous me fatiguez *(Le montrant du doigt.)* « Vous » ! *(Geste d'indifférence de Mathieu.)*
(À La Vie – haussant le ton.) Et vous, vous croyez que vous êtes un cadeau ? Vous êtes cruelle, vous vous amusez à nos dépens, vous nous mettez des embûches, vous plantez des barrières.

LA VIE : *(En douceur.)* Et juste à côté, je sème des petites joies mais vous ne savez plus, vous les humains, les voir. D'ailleurs, c'est bien simple, plus vous êtes, comment dites-vous là-bas… Zut, je ne trouve plus le mot… Aide-moi, toi ! *(La Mort.)*

LA MORT : Démerde-toi ! J'ai autre chose à faire. Je travaille, moi ! Je note, je ne m'amuse pas, moi ! Pas comme eux ! *(Katia et Mathieu sur la bobine.)*

MATHIEU : *(À La Vie.)* Pas commode le « mythe suggéré par une représentation symbolique avérée. »

LA VIE : *(À Mathieu.)* Pas commode mais je ne me laisse pas faire.
(À Katia.) Ça me revient… Plus vous êtes… « Civilisés » et moins vous voyez les petits bonheurs qui sont à votre portée.

KATIA : Ces derniers temps, vous n'étiez pas très généreuse, vous semiez plutôt des emmerdes sur ma route.

LA VIE : Pas que… Tu oubliais trop vite les moments agréables et tu te blottissais trop souvent dans le rêve.

KATIA : *(Le ton est plus calme.)* Le rêve me rendait heureuse.

LA VIE : Non, il te faisait croire au bonheur.

MATHIEU : Tout le monde croit au bonheur. Et moi, le premier.

LA VIE : Elle, elle faisait partie des gens qui subliment le bonheur… Elle le voulait parfait. Et à force de chercher la perfection, on ne voit plus les joies simples.

MATHIEU : Si le bonheur se résume aux joies simples, je crois me souvenir que j'ai été heureux…

LA VIE : Tu étais heureux parce que tu savais ajuster tes rêves à tes possibilités. Elle… pas.

KATIA : Vous avez été plus généreuse avec lui. C'est tout.

LA VIE : Non, tu n'avais pas suffisamment de patience.

MATHIEU : Pour la patience, je peux vous en rétrocéder, no problème !... Vu qu'ici, en ce lieu il faut avoir une sacrée patience pour ne pas péter un câble.

LA VIE : *(À Katia.)* Lui au moins, il positive…

MATHIEU : Si vous le dites…

KATIA : Il fut un temps où je positivais mais quand rien ne vient, on finit par la perdre, la patience.

LA VIE : Je ne suis pas une ligne droite. Et si je t'ai fait suivre des creux et des montées, c'était pour te faire découvrir des sensations hors des sentiers battus.

KATIA : Des sensations pourries comme celles que vous mettiez sur ma route, vous pouviez vous les garder ou vous pouviez les proposer à d'autres. À lui, par exemple.

MATHIEU : Drôle de mentalité de refiler le mauvais aux autres.

LA VIE : Tu es de mauvaise foi. Comment aurais-tu pu m'apprécier si je ne t'avais pas offert, aussi, l'opportunité de voir le contraire ? Le défi produit de l'adrénaline, une excitation pour conduire au dépassement de soi. Je suis une lutte permanente, c'est ainsi que je suis faite.

LA MORT : Et moi, je suis là pour recueillir les cendres.

KATIA : *(Se levant et allant vers la Mort.)* Prenez-moi ! Ne m'abandonnez pas à elle *(La Vie.)* Elle n'est que douleur alors que vous, vous êtes ma délivrance.

LA VIE : Tu ne m'as jamais fait confiance.

KATIA : Ben voilà, c'est de ma faute maintenant !

LA VIE : J'ai des limites à ne pas franchir et tu n'y mettais pas du tien, à partir de là, je ne pouvais plus rien pour toi.

KATIA : J'ignore quelles étaient vos limites mais elles ne devaient pas être bien grandes parce que souvenez-vous quand j'ai voulu vous faire entrer en moi, là, dans mes entrailles…

MATHIEU : Elle, dans vos entrailles ! ?

KATIA : *(À Mathieu.)*… Pour enfanter.
(À La Vie.) Vous n'avez pas cherché à convaincre mon homme. Je voulais un enfant et il n'en voulait pas. Vous auriez pu intervenir mais non, vous êtes restée de marbre à mon appel.

MATHIEU : Oh ça me revient, je l'entends, elle aussi me parle d'un môme. C'est drôle, ça !

KATIA : Il n'y a rien de drôle… C'est dans l'ordre des choses. Et d'abord employez l'imparfait, le présent n'existe plus pour nous. Nous faisons partie du passé, il n'y aura plus de futur pour vous comme pour moi et le présent va bientôt ne plus être d'actualité.

MATHIEU : Pas la peine de le prendre sur ce ton.

LA VIE : Le présent va disparaître, mais le futur reste pour l'instant en suspens…
(À Katia.) Continue !
(À La Mort, très autoritaire.) Et toi, note !

LA MORT : Dis sur ce ton, je te laisse la place !

La Vie reprend sa place devant l'ordinateur et note en même temps qu'elle parle. La Mort esquisse quelques pas de danse et en profite pour faire quelques tours de bobine.

LA VIE : *(À Katia.)* Je t'écoute.

KATIA : Il disait qu'il n'était pas prêt à être père.

MATHIEU : Elle dit… Euh… Elle disait qu'elle sentait un appel en elle… Étrange ! Vous ne trouvez pas ? C'est comme ça pour toutes les femmes ?

LA VIE : C'est son instinct qui lui rappelait de ne pas rompre la chaîne pour que l'espèce humaine perdure.

LA MORT : Vous avez été des pions posés sur des cases. Rien de plus. Si vous cherchez un autre sens à votre ex-présence sur la Terre, vous ne trouverez pas. Vous êtes nés, vous avez vécu et maintenant vous devez mourir.

LA VIE : Pas encore pour eux. Encore les motivations de Monsieur. Et nous retournerons là-bas *(Porte marquée V.)*

LA MORT : Ah non ! Par là ! *(Porte marquée M.)* *(À Katia.)* N'est-ce pas ?

KATIA : Oui. Et le plus vite possible.

LA VIE : Mais enfin, pourquoi ?

KATIA : Je n'éprouve plus rien, je ne sens plus rien, je suis presque morte et je veux l'être définitivement. Vous avez compris ? Et c'est moi qui décide.

LA MORT : Bien dit.
(À La Vie.) Elle se donne à moi. Et lui aussi.

MATHIEU : *(À La Mort.)* Sûrement pas !
(Se levant, à La Vie.) (Ironique.) Injectez dans mes veines, dans mon corps, un peu de vous et retournons là-bas, dans le monde des vivants.
(Un temps puis brusque changement de ton.) Je ne sais plus… Je ne comprends plus rien.

KATIA : Il n'y a rien à comprendre. Juste à accepter.

MATHIEU : Tout s'embrouille dans ma tête. Je vois des images, des flashs, des flashs en couleur.
(À Katia.) Pas vous ? *(Elle ferme les yeux et au bout de quelques secondes, elle sourit.)* Ah ! Vous aussi !
(Elle ouvre les yeux, se ressaisit.) Vous avez souri.

KATIA : Ce n'était qu'une illusion.

MATHIEU : *(Radouci, suppliant.)* Où sommes-nous ? Dites-moi la vérité !

KATIA : Je vous l'ai déjà dit. Inutile de vous voiler la face.

MATHIEU : Je suis paumé. Là, je n'arrive plus à réfléchir. Je suis bloqué. Complètement bloqué. Ma tête n'est plus en mesure de raisonner et mon corps ne semble plus m'appartenir. Dans deux secondes, je vais m'écrouler à vos pieds.

KATIA : Allons, allons, reprenez-vous !

MATHIEU : *(Revirement.)* Et dire que j'étais en train de croire à vos sornettes. Bon, si vous voulez rester, restez ! Moi je m'en vais…
(À La Vie.) Venez !
(Il entraîne La Vie, ils sont stoppés par La Mort.)

LA MORT : Tes motivations d'abord.

MATHIEU : Je n'ai jamais voulu venir ici. On m'y a forcé.

KATIA : Qui vous a forcé ?

MATHIEU : J'aimerais bien le savoir.

LA VIE : *(À La Mort.)* Il ne t'a pas fait de confidences quand tu es arrivée sur place ?

MATHIEU : *(À La Vie.)* Mais bon sang, c'est la première fois que je la…le… la…le… *(À La Mort.)* Enfin que je vous vois.

LA MORT : C'est vrai. Il ne m'a pas vue. Je n'ai même pas eu besoin de l'assister. Il était déjà éteint.

MATHIEU : Eteint ! J'étais éteint !...

LA VIE : *(À Mathieu.)* C'est donc un fait indépendant de ta volonté qui a fait que tu as basculé dans l'autre monde.

MATHIEU : Une erreur en somme. Vous vous êtes gourés de bonhomme.

LA VIE : *(À La Mort.)* Tu n'as rien vu de suspect ?

LA MORT : Je n'ai pas regardé, ce n'est pas mon rôle. J'ai coupé le fil. Et point.

MATHIEU : Quel fil ?

LA MORT : Celui qui te reliait à elle *(La Vie)*.

KATIA : Voilà l'explication pour les ciseaux ! C'est pour couper le fil !

MATHIEU : Le fil !.... Et ça *(La bobine.)*, elle sert à quoi ?

La Mort et La Vie ignorent sa répartie.

LA VIE : *(Notant.)* Le fil a été coupé indépendamment de sa volonté.

MATHIEU : J'ai dû tomber sur la tête et tout s'est remué là-dedans. Je dois avoir des hématomes partout. *(Il se lève et inspecte son corps.)*

KATIA : Qu'est-ce que vous faites ?

MATHIEU : Vous voyez bien, je m'inspecte…

KATIA : Je vais vous aider.

MATHIEU : Non, non, surtout pas vous.
(Elle se jette sur lui et lui inspecte le crâne.)
Vous vous en prenez encore à mes cheveux !

KATIA : Vous avez une bosse ici et une autre là. On dirait aussi que vous avez… Oui on dirait que cette côte-là est plus enfoncée que l'autre.

MATHIEU : Ah oui ! Oui, c'est vrai ! C'est…

LA VIE : Oui…

MATHIEU : Non. Je ne sais plus. Mais…

KATIA, LA VIE, LA MORT : Mais…

MATHIEU : Eh bien…

KATIA, LA VIE, LA MORT : Oui…

MATHIEU : Je commence à croire…

KATIA, LA VIE, LA MORT : Oui…

MATHIEU : … Que je suis vraiment…

KATIA, LA VIE, LA MORT : Oui…

MATHIEU : … Mort.

KATIA : Ce n'est pas trop tôt ! On ne peut pas dire que vous êtes un rapide, vous.

MATHIEU : Je n'arrive pas à croire que je croie que je suis mort.

KATIA : Ne le croyez pas, soyez en persuadé !

LA VIE : Si tu n'as appelé personne et surtout pas elle *(La Mort.)* c'est que ta fin a été brutale.
(Elle note.) Fin brutale.

MATHIEU : On m'a assassiné ?

KATIA : J'opterais plutôt pour une crise cardiaque et une chute.

LA VIE : *(À La Mort.)* Où l'as-tu trouvé ?

LA MORT : Au volant de sa voiture.

KATIA : La chute est exclue mais un accident expliquerait votre côte enfoncée et vos bosses. Un moment d'inattention et hop !… Tiens, si ça se trouve vous étiez au téléphone.

MATHIEU : Je ne décroche jamais mon téléphone au volant et je ne mets pas d'oreillettes.

LA MORT : Tout ce que je sais, c'est que tu étais seul. Et tué sur le coup.

KATIA : Vous êtes un sacré veinard.

LA MORT : J'ai eu les mêmes égards envers toi, j'ai abrégé ta souffrance. Je devais faire vite et vous expédier tous les deux en même temps.

LA MÈRE : *(Voix off.)* Mon enfant. Mon fils, oh mon enfant, la chair de ma chair.

MATHIEU : Mais… C'est la voix de…
(Comme un enfant.) Maman !

LA MORT : Elle ne t'entend pas.

LA MÈRE : *(Voix off.)* Jamais plus je ne pourrai te serrer dans mes bras.

Mathieu court vers la porte marquée V.
MATHIEU : Ouvrez-moi !

LA VIE : Je ne peux pas.

MATHIEU : Vous m'ouvrez, je pars et on ne s'est jamais connus, ni vous, ni vous, ni vous. Je serai muet comme une carpe.

LA VIE : C'est impossible.

MATHIEU : S'il vous plait !

LA VIE : Pas encore.

LA MÈRE : *(Voix off.)* Dis-moi que tu vas revenir… Fais-moi un signe !

MATHIEU : Maman ! Maman !

LA MÈRE : *(Voix off.)* Reviens, reviens, reviens, reviens ! *(La voix se fait de plus en plus faible.)*

MATHIEU : Maman, je suis là. Maman, maman !

LA MORT : Ta mère t'oubliera. Les souvenirs s'effacent.

KATIA : Une mère ne se remet jamais de l'absence d'un de ses enfants.

MATHIEU : Comment vous pouvez en être si sûre. Vous n'avez pas d'enfant, vous l'avez dit.

KATIA : Et mon potentiel enfant ? Celui qu' « on » *(Elle jette un regard à La Vie.)* m'a refusé. L'enfant absent hante la pensée de sa mère jour et nuit.

MATHIEU : Tout ce dont je suis sûr, c'est que votre Q.I. ne devait pas être très haut perché là-bas.

KATIA : Et vous, vous étiez misogyne.

MATHIEU : Croyez ce que vous voulez. *(À La Vie.)* Je veux revoir ma mère.

LA MORT : Avant, il y a une condition à remplir.

MATHIEU : Qu'est-ce que vous attendiez pour nous la dire ?... Alors ! C'est quoi cette condition ?

LA MORT : *(À La Vie.)* Dis-lui !

LA VIE : Cet acte de propriété mentionne que vous êtes indissociables. Soit je vous ramène tous les deux là d'où vous venez, soit vous suivez La Mort.

MATHIEU : En fait, c'est à nous à nous mettre d'accord ?

LA VIE : Oui.

MATHIEU : *(À Katia.)* Venez ! Nous sommes libres.

LA MORT : Avant, il y a le formulaire à remplir.

MATHIEU : Allez-y ! Et qu'on quitte ce lieu !

KATIA : Sans moi.

MATHIEU : Ça veut dire ?

KATIA : Que je ne vous accompagnerai pas.
(Elle retourne dans son carton.)

MATHIEU : Qu'elle m'énerve mais qu'elle m'énerve. Ne peut-on pas déroger à la règle ?

LA VIE : Non. Viens, approche et lis !

MATHIEU : « Si deux corps ont été livrés dans un même colis, il est de coutume de leur attribuer une seule bobine. Leurs destinées deviennent indissociables. Aucune reprise ne sera effectuée s'il manque l'un d'eux. Le délai est d'une journée. Au-delà, le colis de retour ne sera plus accepté. »

LA MORT : Et direct… par là ! *(Porte marquée M.)* Sans discuter ! Sans préavis ! Expédiés ! *(Rire)*

KATIA : *(En écho, rire de son carton.)* Comme une lettre à la poste.

MATHIEU : Ça ne me fait pas rire.

KATIA : Vous n'avez aucun sens de l'humour.

MATHIEU : Le papier n'est pas signé. Il n'y a qu'un numéro.

LA VIE : Ici nous sommes tous des numéros.

KATIA : Nous sommes de la marchandise, et ils sont des numéros. Trop drôle.

MATHIEU : Il n'y a que vous que ça fait rire, mais au moins pendant ce temps-là, vous ne nous emmerdez pas.

KATIA : *(Elle se relève.)* Oh vous, si j'étais un homme… Oh et puis zut ! *(Elle se recouche.)*

LA VIE : Je suis le numéro 1

LA MORT : Et moi le numéro 3

MATHIEU : Il manque le numéro 2. Où est le numéro 2 ? *(On sent La Vie et La Mort embarrassées.)* Vous ne dites rien. Vous devenez muets ?

LA MORT : Nous n'avons pas à répondre à cette question.

MATHIEU : Pourquoi ?

LA MORT : Parce que nous n'avons pas à répondre à cette question.

MATHIEU : C'est parce que vous ne le savez pas.

LA VIE : Chacun de nous est programmé pour accomplir une tâche bien précise.

MATHIEU : Et le numéro 2 ? Où est-il et quel est son rôle ?

LA VIE : Elle est à l'étage au-dessus. C'est elle qui décide du sort de chacun, son nom est Décida… Entre nous, on préfère l'appeler la Haute Autorité.

MATHIEU : Elle ?... C'est donc une femme ?

KATIA : Pourquoi vous cherchez à tout savoir ?

MATHIEU : Et pourquoi, vous, vous m'agacez au plus haut point ?
(À la Mort.) Qu'est-ce qui me relie à elle *(Katia.)* ? Vous pouvez me le dire ?

LA MORT : Non. Désolé.

MATHIEU : Vous ne savez pas. Vous ne savez rien, quoi ! Vous remplissez votre rôle sans comprendre. Bêtement en somme.

LA MORT : Non, ce n'est pas ça.

MATHIEU : Il y a eu un cafouillage dans les livraisons. Et vous n'osez pas l'avouer.

LA MORT : Cessez vos suppositions ! Nous ne répondrons pas.

MATHIEU : Remplissons votre formulaire et je me débrouillerai pour amadouer cette jeune femme.

LA VIE : Sage décision car la bougie ne tiendra plus longtemps.

MATHIEU : Que voulez-vous savoir au juste ?

LA MORT : Tes motivations.

MATHIEU : Vous n'avez que ce mot à la bouche… Motivations… Je ne les connais pas, moi, mes motivations, je ne peux pas les inventer.

LA VIE *:* Okay, je note : motivations, deux points, aucune. Tout laisse à penser qu'il s'agit d'un accident.

LA MORT : Ou qu'il a été tué PAR accident.

LA VIE : C'est pareil.

LA MORT : Non !

LA VIE : Motivations, deux points, aucune. Point. Accident. Ça te va ?

LA MORT : Ce n'est pas très précis…

LA VIE : Tant pis !
(Elle regarde la Mort avec suspicion.) Si tu crois que je ne vois pas clair dans ton jeu…Tu essaies de gagner du temps.

MATHIEU : J'aimerais quand même savoir pourquoi…
(Un temps.) Ohé La Belle au Bois Dormant…

KATIA : Quoi encore ?

MATHIEU : Vous avez une idée de la raison pour laquelle nous sommes arrivés dans le même colis.

KATIA : Pas du tout, cher Monsieur.
(Elle se recouche.)

Il se dirige vers le carton et retire Katia de force.
MATHIEU : *(À La Vie.)* Mademoiselle nous accompagne.

KATIA : C'est un kidnapping !

MATHIEU : Arrêtez de vous débattre ! Vous ne faites pas le poids.
(À La Vie.) Venez !

La Vie s'avance, La Mort l'arrête.

LA MORT : Tu ne peux pas, et tu le sais.

MATHIEU : Et pourquoi elle ne peut pas ?

LA MORT : Parce qu'ici, il y a un post-scriptum.

MATHIEU : Un post-scriptum ?

LA MORT : *(À La Vie.)* Tu me sous-estimes, tu pensais que je ne le verrais pas…

LA VIE : Mais non !

LA MORT : Mais si !

MATHIEU : C'est quoi le problème encore ?

LA MORT : Là. Lisez !

MATHIEU : … « De plein gré. »

LA MORT : Eh oui, vous devez choisir entre elle et moi de plein gré. Et tous les deux. Ensemble !

KATIA : Vous me sauvez ! *(Elle se dégage de Mathieu.) (À La Mort.)* Je suis à vous !

MATHIEU : Tout ça parce que votre homme ne voulait pas vous faire un môme !

LA MORT : Il en faut un peu plus pour que je me déplace.

MATHIEU : *(À Katia.)* Votre boulot ?

KATIA : Aussi… Chômage et pas moyen de m'en sortir.

MATHIEU : Oui ben, si tous les gens qui sont au chômage se suicidaient, il n'y aurait plus grand monde sur terre.

KATIA : C'est une accumulation d'insatisfactions, d'échecs et de déceptions qui conduisent à ne plus vouloir exister… À quoi bon vivre si c'est dans un désespoir permanent ?

MATHIEU : En cherchant bien, chaque problème a une solution. Vous auriez pu par exemple vous inscrire à un club de sport. Ça fait du bien, ça décompresse, croyez-moi !

KATIA : Vous ne pouvez pas comprendre. Les tuiles s'entassaient et s'entassaient. Le coup de grâce a été quand ma mère m'a dit qu'elle a vu mon homme sortir de chez ma meilleure amie un jour qu'il était censé être au boulot. Et là, je me suis sentie nulle, nulle à un point… Je n'étais même pas capable de retenir un homme, mon homme… Et j'ai craqué. Je n'avais pas d'autre solution.

MATHIEU : Si.

KATIA : Non !

MATHIEU : Si. Vous auriez pu communiquer.

LA MORT : Caractéristique des primates.

KATIA : Mais encore aurait-il fallu que les sons débouchent sur un vrai dialogue.

LA MORT : Caractéristique de l'humain.

Pendant le passage qui suit, un jeu s'installe entre La Vie qui va plusieurs fois rembobiner le fil et La Mort qui va le débobiner.

MATHIEU : Évidemment si vous articuliez mal.

KATIA : Dites que j'ai une mauvaise diction tant que vous y êtes.

MATHIEU : Je n'ai pas dit ça… Vous auriez pu parler en y mettant plus de force.

KATIA : Plus fort n'aurait servi à rien, il ne voulait pas entendre.

MATHIEU : Ou bien il n'arrivait pas à vous comprendre. *(Essayant de se souvenir.)* J'avais aussi du mal à la comprendre parfois.

KATIA : Et pourtant, avec mon homme, on parlait la même langue.

MATHIEU : Mais pas le même langage.

KATIA : Eh bien puisqu'il ne comprenait pas, autant m'en aller… Non ?

MATHIEU : Pas complètement, pas pour de bon, pas pour toujours.

KATIA : Sans lui à mes côtés, je n'avais plus ma place sur terre.

MATHIEU : Vous auriez pu aller voir ailleurs.

KATIA : C'était trop tard. L'amour je n'y croyais plus.

MATHIEU : Et pourtant vous auriez pu le retrouver ?

KATIA : Qui ? Mon homme.

MATHIEU : Non. L'amour.

KATIA : On voit que ça ne vous ait jamais arrivé.

MATHIEU : Si ça vous est arrivé, ça m'est sans doute arrivé aussi.

KATIA : Et vous avez retrouvé l'amour ?

MATHIEU : *(Il réfléchit.)* Ça ne me revient pas…

KATIA : Ça a du bon parfois d'oublier.

MATHIEU : Pas tout, je n'ai pas tout oublié, tenez par exemple, je me souviens …

KATIA : De quoi ?

MATHIEU : J'avais un ami…Mon meilleur ami… *(Il ferme les yeux, se concentre.)* Il me dit… Il me disait que l'amour c'est… Que l'amour c'est comme une pile. Intéressant le lien.

KATIA : *(Ironique.)* Vous trouvez ?

MATHIEU : Oui, je trouve parce que… Répondez à ma question : quand une pile est usée, que faites-vous ?

KATIA : Vous devenez lourd. Qu'est-ce vous deviez être chiant sur terre. Moi je riais, c'est bien simple, je riais de tout et pour tout.

MATHIEU : *(Ironique.)* Vous avez tellement ri que vous vous êtes suicidée.

KATIA : Ça n'a rien à voir.

MATHIEU : Votre rire n'était qu'un masque.

KATIA : Non.

MATHIEU : Vous faisiez le clown pour pallier une souffrance.

KATIA : Non !

MATHIEU : Si !

KATIA : Non !

MATHIEU : Vous vouliez la masquer au lieu de l'exprimer, et vous voulez que je vous dise, c'était de l'hypocrisie. Vous étiez une menteuse.

KATIA : Mais vous m'insultez !
(À La Mort.) Eh Monsieur, Madame, enfin, vous là, vous entendez, cet homme, cet inconnu, m'insulte…. *(La Mort fait la sourde oreille.)*
Non, vous ne voulez rien entendre vous non plus !

MATHIEU : Quelqu'un qui maquille la vérité est un menteur ou une menteuse. Ce n'est pas une insulte, c'est une constatation, c'est une vérité, comme j'aurais dit, vous êtes une … Une…. Une…

KATIA : Une quoi ?

MATHIEU : Une… Je ne sais pas, ça ne me vient pas, là, tout de suite…. Revenons plutôt à la pile.
(Elle soupire d'agacement.)
Répondez, quand la pile est usée, il faut… il faut…
(Elle lui tourne le dos.) Vous faites la gueule ?

KATIA : Non.

MATHIEU : Alors, répondez !

KATIA : *(Agacée, lui faisant face brusquement.)* Non !

MATHIEU : Je vais répondre pour vous. Quand la pile est usée, il faut la recharger ou la changer.

KATIA : Logique.

MATHIEU : Pour l'amour, c'est pareil. Faut recharger…

KATIA : Pour recharger, faudrait être motivée et ce n'était plus mon cas. Il m'a trompée. Vous vous rendez compte, il m'a trompée et en plus, avec ma meilleure amie.

MATHIEU : Si vous aviez eu un tant soit peu de jugeote, vous ne seriez pas ici à pleurnicher. Vous auriez choisi la deuxième solution, il fallait changer de bonhomme.

LA MÈRE DE KATIA : *(Voix off.)* C'est à cause de moi.

KATIA : Maman ?

LA MÈRE DE KATIA : *(Voix off.)* Je n'ai jamais su me taire.

KATIA : Tu as bien fait. Tu m'as ouvert les yeux.

MATHIEU : Parfois, il vaut mieux ne pas savoir. Une passade, ça passe…

LA MÈRE DE KATIA : *(Voix off.)* Et maintenant c'est trop tard. Il y a si peu d'espoir que tu reviennes.

MATHIEU : Elle aimerait vous revoir. Venez ! Retournons là-bas !

KATIA : Non.

MATHIEU : Vous en êtes vraiment sûre ?

KATIA : Oui.

MATHIEU : Parce ce que moi, ça m'arrangerait.

KATIA : J'ai choisi d'en finir une fois pour toute. *(Elle retourne dans le carton.)*

MATHIEU : Non, retournons là-bas ! Venez ! Pensez à votre homme.

KATIA : Mon homme ? « Je » l'ai suicidé.

MATHIEU : « Vous » l'avez suicidé ? Vous !... Vous l'avez suicidé ! Comment ?

KATIA : J'ai partagé la quantité de poison en deux et j'ai mis la moitié dans sa tasse de café.

MATHIEU : Et ?

KATIA : Je suis retournée dormir pour ne jamais me réveiller. Mais le poison a mis du temps à agir. Je n'ai pas pris une dose suffisante.

MATHIEU : *(Se moquant.)* C'est ça quand on a le sens du partage. Là-bas, il faut savoir être un peu égoïste pour réussir. Penser à soi. À sa pomme.

LA MORT : *(À La Vie.)* Qu'est-ce que la pomme vient faire ici ? Bientôt il va nous parler du serpent.

MATHIEU : Ensuite ?

KATIA : Je l'ai entendu se lever, j'ai entendu la douche couler, la porte d'entrée claquer et ... Et ça m'a pris, j'ai eu mal au ventre, très mal, ça tournait dans ma tête. J'ai hurlé, appelé au secours et après... Après c'est le trou noir.

MATHIEU : Mais vous vous rendez compte que vous êtes une empoisonneuse.

KATIA : Une empoisonneuse !
(À La Mort.) Vous entendez, il m'insulte encore… Dites quelque chose ! *(La Mort se tait.)*

LA COPINE DE KATIA : *(Voix off.)* C'est de ma faute, tout est de ma faute.

MATHIEU : Qui est-ce ?

KATIA : Ma meilleure amie.

MATHIEU : Celle qui était avec votre homme ?

KATIA : Oui. Chut…!

MATHIEU : *(À La Vie.)* Si vous pouviez augmenter le son, on n'entend pas très bien.

LA VIE : La connexion vient de trop loin.

Katia écoute à la porte marquée V. Mathieu l'imite.

LA COPINE DE KATIA : *(Voix off.)* Sa mère nous a vus…

MATHIEU : Elle sait que votre mère les a vus mais votre mère ne sait pas qu'elle a été vue.

LA COPINE DE KATIA : *(Voix off.)* Et au lieu d'aller vers elle, de la mettre dans la confidence, je me suis sauvée et lui tout bêtement, il m'a suivie. On a couru comme des voleurs, comme si on avait quelque chose à nous reprocher alors qu'il m'avait juste demandé de l'aider à choisir un cadeau pour Katia. Et sa mère, sans réfléchir, a déduit qu'on était amant et a tout raconté à Katia. Et toi, oh Katia !... Tu l'as crue et tu as avalé du poison !

MATHIEU : Mais ça change tout …!

KATIA : Chuut…

MATHIEU : Je n'entends plus rien.

KATIA : Moi non plus.

MATHIEU : Ça veut dire qu'il ne vous a pas trompée… C'est vous qui vous êtes trompée.

KATIA : *(Indifférente.)* Sans doute.

MATHIEU : Maintenant que vous connaissez le fin mot de l'histoire, on y retourne.

KATIA : Non.

MATHIEU : Pourquoi ?

KATIA : Parce que.

MATHIEU : Ce qui vous emmerde c'est que vous l'avez suicidé sans raison. Il est mort pour rien et par votre faute et vous culpabilisez puisque « vous » vous êtes trompée.

KATIA : Il n'est peut-être pas mort.

MATHIEU : Raison de plus pour y retourner.

KATIA : Et s'il était mort pour de bon, je deviens quoi, moi ? Une veuve ! À mon âge ! Non, non, pas question. Vous avez passé au peigne fin mon parcours terrestre, à vous maintenant… Votre couple… Votre femme.

LA MORT : Sympa cette petite ! Elle pose les questions pour nous.

LA VIE : Note et tais-toi !

MATHIEU : Je ne crois pas que j'étais marié.

KATIA : Vous viviez avec une femme puisqu'elle désirait un enfant et pas vous.

MATHIEU : Sans doute… Venez ! Partons d'ici !

KATIA : Pour être une morte-vivante. Non !

MATHIEU : Que vous le vouliez ou non, vous allez venir parce que moi, je veux y retourner.

KATIA : Je reste, vous restez aussi.

LA VIE : Nous n'avons plus beaucoup de temps. Vous devez vous mettre d'accord.

Brusquement, Katia devient hystérique.

KATIA : Vous avez vu ?

MATHIEU : Quoi ?

KATIA : Là.

MATHIEU : Où ?

KATIA : Là, je vous dis, là.

MATHIEU : Je ne vois rien.

KATIA : Il était là.

MATHIEU : Qui ?

KATIA : Il a couru comme une flèche.

MATHIEU : Arrêtez de crier dans mes oreilles ! Qu'avez-vous vu ?

KATIA : Là, là !

MATHIEU : *(la rechignant)* Là ! Là ! Qu'est-ce que vous avez vu ?

KATIA : Un rat.

MATHIEU : Un rat ?

KATIA : Oui, un rat… Un rat…

MATHIEU : Je n'ai rien vu.

KATIA : Il courait vite mais je l'ai vu.

MATHIEU : Vous avez eu une vision.

KATIA : Non, je vous jure que je l'ai vu.

MATHIEU : Il n'était pas réel, c'était une image.

LA MORT : Non.

MATHIEU : Non ?

LA MORT : Non.

MATHIEU : Vous l'avez vu aussi ?

LA MORT : Non.

KATIA : Moi je l'ai vu.

MATHIEU : Si vous l'aviez vu, j'aurais dû le voir aussi et il se trouve que je ne l'ai pas vu.

KATIA : Vous ne croyez jamais ce que l'on vous dit.

MATHIEU : J'ai du mal à croire que dans ce lieu vide de tout, vous ayez vu un rat.

KATIA : Que vous le croyiez ou non, j'ai vu, vu de mes propres yeux, un rat, oui Monsieur, un rat plein de poils avec des moustaches.

LA MORT : Probablement, Lucifer.

MATHIEU : Lucifer ! Celui qui… Avec sa langue ? … Le crachat.

KATIA : Ah non, pas question qu'un rat s'abreuve de ma salive.

MATHIEU : La prochaine fois, vous ravalerez.

LA MORT : Lucifer est le chef de la colonie.

KATIA : Quelle colonie ?

LA MORT : La colonie des rats.

KATIA : Des rats !… Quelle horreur !… Ah non, non, je ne peux pas… Non, non et non… !

MATHIEU : Mais vous allez vous taire, oui !

KATIA : Combien y a-t-il de rats ici ?

LA MORT : Je ne saurais vous le dire, ils sont malins, ils réussissent à se glisser dans les cartons.

KATIA : *(À Mathieu.)* Portez-moi !

MATHIEU : Que je vous porte ? Vous délirez des pieds à la tête.

KATIA : *(Hurlant.)* Est-ce que c'est de ma faute, à moi, si je suis musophobe !

MATHIEU : Muso quoi ?

KATIA : Musophobe, j'ai la phobie des rongeurs, de tous les rongeurs et surtout des rats.
(Suppliante.) Portez-moi !

LA MORT : Les rats sont très affectueux.

KATIA : Les rats sont écœurants.

LA MORT : Question d'habitude, tu t'y feras.

KATIA : Jamais ! Jamais !

MATHIEU : Arrêtez de hurler ! Vous allez me crever les tympans !

KATIA : Les rats me font flipper, Je ne supporte pas les rats, je n'ai jamais supporté les rats. Et je ne veux pas cohabiter avec des rats.
(Avec douceur, à Mathieu.) Protégez-moi !
(Elle se jette dans ses bras.) Je vous en supplie !

MATHIEU : Ne faites pas l'enfant !

KATIA : J'ai peur !

LA MORT : Ils sont aussi doux que des agneaux… Sauf qu'ils mordent.

KATIA : Ahhhh ! Vous entendez, en plus ils mordent.

MATHIEU : Vous ne sentirez rien.

KATIA : Où est passé votre… Votre Lucifer ?

LA MORT : Tu l'as effrayé avec tes cris.

KATIA : Il était là, il n'est plus là, où est-il ?

LA MORT : Cherche bien !…

KATIA : Il n'y a rien ici. Aucune cachette possible.

LA MORT : Hum ! En cherchant bien…

KATIA : Rien là, rien là, rien…

MATHIEU : Ici ! *(Carton.)*

KATIA : *(Horrifiée.)* Non, pas là… Pas dedans !

MATHIEU : Je crains que si.

KATIA : *(Tremblante.)* Non, non, c'est pas possible.

LA MORT : Lucifer sait se faire petit…

KATIA : Dans lequel est-il ? *(Cartons.)*

LA MORT : *(S'amusant de la peur de Katia.)* Il va de l'un à l'autre.

KATIA : De l'un à l'autre ?

LA MORT : Comme ses congénères.

KATIA : Ses congénères ? Ça veut dire ?

LA MORT : Ça veut dire que quand tu étais couchée tout à l'heure, j'ai aperçu une petite souris bouger sa queue. Elle était toute petite comme ça. *(À La Vie.)* Tu l'as vue aussi ? *(La Vie approuve.)*

KATIA : Dans mon carton ?

LA VIE et LA MORT : Oui.

KATIA : En même temps que moi ?

LA VIE et LA MORT : Oui.

KATIA : Et vous ne m'avez rien dit.

LA VIE : Elle était si mignonne.

LA MORT : C'est vrai, elle était très mignonne.

KATIA : Je ne reste pas une seconde de plus ici.

Brusquement Mathieu déclame.
MATHIEU : *(Théâtral.)*
Qui l'eût cru
Que je doive mon salut
À une souris toute menue
Et à un rat moustachu

KATIA : *(À La Mort.)* Je vous quitte.

LA MORT *:* Ah non, tu ne vas pas me faire ça !

MATHIEU:*(Théâtral)* Un rat, un rat tout-puissant !

KATIA : Vous vous débarrassez de votre colonie ou je m'en vais avec elle *(La Vie.)*

LA MORT : Je n'en ai pas le pouvoir.

KATIA : C'est eux ou c'est moi. Vous choisissez.

LA MORT : Je te répète que je ne peux pas.

KATIA : Dans ce cas, adieu.

MATHIEU : *(Théâtral.)* Le rat ! Elément perturbateur, qui change le cours de l'histoire, de la vôtre, de la mienne, de la nôtre.
(Changement de ton.) Nous allons enfin déguerpir.

LA MORT : Non !

MATHIEU : Nous partons tous les deux de notre plein gré. Nous remplissons toutes les conditions et vous ne pouvez pas nous en empêcher.

LA MORT : *(En défilant le dernier fil de la bobine qui cependant reste encore accroché.)* La bobine ne tourne plus. Vous avez dépassé le temps.

LA VIE : La bougie brûle encore. Tant qu'elle n'est pas complètement consumée, le fil restera accroché.
(La Mort souffle sur la bougie.)
Tu sais bien que c'est inutile puisque ton souffle est inexistant.
Venez, vous deux, nous partons !

LA MORT : Non ! Ils sont à moi.

LA VIE : Où est mon acte de propriété ?

LA MORT : Ici. Mais tu ne l'auras pas.

La Mort s'apprête à le déchirer.

LA VIE : Si tu fais ça, je te dénoncerai auprès de la Haute Autorité.

KATIA : Vous allez perdre votre job.

LA MORT : *(À La Vie.)* Tu n'oserais pas.

LA VIE : Oh si, j'oserais.

KATIA : Le chômage, vous savez, ce n'est pas marrant.

LA VIE : Tu n'as pas le choix, cet acte fait foi, tu dois me les laisser. *(La Mort cède et lui tend le papier.)* Maintenant, transmets le formulaire à la Haute Autorité !

LA MORT : Non.
La Vie pousse la Mort de côté et transfert elle-même le formulaire sur l'ordinateur.

LA VIE : Voilà ! C'est fait ! Si vous voulez bien rejoindre vos habitations.

KATIA : Ah non, pas là-dedans.

LA VIE : Il le faut pourtant. C'est le seul moyen de retourner là-bas.

KATIA : Pour me trouver nez à nez avec votre rat et ses petites copines !

MATHIEU : Ça va, j'ai compris.

Il entre dans le carton, trouve Lucifer et la souris.

KATIA : Ah ! Au secours ! Vous voulez me faire mourir !
Regard de Mathieu qui en dit long.
Il redonne sa liberté au rat et à la petite souris.
Katia court se réfugier dans son carton.
Mathieu entre dans le sien.
Ils se couchent.

LA VIE : Une dernière formalité.

Ils se relèvent ensemble.
MATHIEU et KATIA : Encore !

LA VIE : Juste vous mettre ça.

MATHIEU et KATIA : Un fil !

LA VIE : Pas « un » fil mais « le » fil, votre fil, celui qui me relie à vous et vous permettra d'exister.
À la seconde où vous franchirez cette porte, *(Porte marquée V.)* il deviendra invisible. Donnez-moi vos poignets. Par qui dois-je commencer ?

KATIA et MATHIEU : *(En même temps.)*
KATIA : Par lui.
MATHIEU : Par elle.

MATHIEU : Commencez par elle !

KATIA : Non ! Par lui !

MATHIEU : Non ! Vous êtes une femme, c'est à vous.

KATIA : Et la parité, vous en faites quoi ? Ça marche dans les deux sens. Pas de passe-droit parce que je suis une femme.

LA VIE : Décidez-vous !... Et vite !

Mathieu tend son poignet, La Mort le rattache au sien. Il se couche à l'intérieur de la boite.

LA VIE : *(À Katia.)* À toi !

Katia tend le poignet, puis vivement encercle le cou de la Vie et l'embrasse - moment tendre.

LA VIE : Tu ne m'en veux plus ?

KATIA : Je recommence à vous aimer. Vous êtes belle.

LA VIE : Je suis belle pour qui veut me voir belle.

KATIA : *(À La Mort.)* Adieu.

LA MORT : On se reverra.

LA VIE : Le plus tard possible.
Dans quelques secondes, votre mémoire vous reviendra et aussitôt vous réintégrez le monde des vivants.

MATHIEU : *(De l'intérieur du carton.)* À quelle position sur la ligne du temps ?

LA VIE : Juste avant l'événement qui a déclenché votre venue.

KATIA : Donc moi, juste avant que je me suicide ?

LA VIE : Exactement.

MATHIEU : Et moi ?

KATIA : Avant le déclencheur. Si vous écoutiez ce qu'elle dit.

MATHIEU : Je ne connais pas mon déclencheur.

LA VIE : Je te placerai là où tu dois être.

En même temps, la Vie entoure le poignet de Katia comme elle l'a fait pour Mathieu. Elle est liée à eux.

KATIA : Adieu Monsieur !
Elle se couche dans son carton.

MATHIEU : *(Se levant et se recouchant.)* Adieu, Mademoiselle ! Je garderai de vous un souvenir… Comment vous dire… Un souvenir très spécial.

KATIA : *(Se levant et se recouchant.)* Si ça peut vous rassurer, moi également, cher Monsieur.

LA VIE : Ce qui s'est passé ici, vous l'oublierez dans quelques secondes.

LA MORT : La partie n'est pas terminée.

LA VIE : Sois bon joueur !

LA MORT : Elle n'est jamais terminée avant le mot fin.

KATIA : *(Se relevant et restant assise.)* Qu'est-ce que ça veut dire ?

LA MORT : Que nul ne peut échapper à son destin.

La Mort s'approche de la bobine.
Et tente d'éteindre la bougie, en vain.

LA VIE : *(À Katia.)* Ne l'écoute pas ! C'est pour vous retarder. Votre mémoire va vous revenir et il sera trop tard. Il faut vite partir d'ici.

MATHIEU : *(Se relevant)* Bon, cette causette, c'est bientôt fini...

Katia et Mathieu se regardent longuement puis regard tendre de part et d'autre.

MATHIEU : Katia ? Toi ? C'est toi ! Bien toi !

KATIA : Mathieu !

MATHIEU : Katia ! Ma Katia !

Ils sortent de leur carton et s'enlacent, se touchent comme s'ils se découvraient pour la première fois.
KATIA : Mon amour ! Oh pardon ! Pardonne-moi ! J'ai douté de toi.

La Vie montre des signes d'impatience tandis que la Mort commence à jubiler.

MATHIEU : Chut, j'aurais dû être plus à l'écoute.

KATIA : Et moi plus attentive.

MATHIEU : Je te ferai un enfant.

KATIA : Un enfant de toi... Un enfant qui te ressemble.

MATHIEU : Un peu à toi aussi.

LA VIE : Votre mémoire !... Elle revient ! Vite ! Vite ! Vite ! Vite ! Dans vos boîtes !

LA MORT *(Hypocrite.)* Entrez dans la même.
Ils s'apprêtent à rentrer dans le même carton.

LA VIE : Non ! Les conditions de retour ne seraient pas remplies.
Ils ressortent, prêts à rentrer chacun dans leur carton.

LA MORT : L'important est que vous arriviez ensemble.
Ils se ravisent pour entrer dans le même.

LA VIE : Ne l'écoutez pas ! L'envoi doit comporter deux cartons.
Ils vont chacun dans le leur.

LA MORT : Un carton vide et deux corps dans un, ça peut le faire aussi.
Ils se relèvent pour se diriger dans un seul carton.

LA VIE : Stop !! Si vous continuez ce jeu stupide, le temps va s'écouler et…

LA MORT : Plus que quelques secondes et vous êtes à moi, 5 - 4 - 3

LA VIE : Vite !
(Elle « jette » Mathieu et Katia dans leur carton.)
Toi, là et toi, là.

Aussitôt un halo de lumière apparaît.
Les cartons disparaissent avec La Vie.

LA MORT : Vous arriverez trop tard. *(Rire.)* Vous ne savez donc pas que quand on défie La Mort, on ne s'en sort pas vivant. *(Rire.)*
Un peu de patience, vous allez revenir.
En attendant… Musique.

« La Danse Macabre » de Camille de Saint-Saëns.
La Mort danse sur la musique montante…
Brusquement, le silence.
La Mort stoppe sa danse, écoute.

LA MÈRE DE KATIA : *(Voix off.)* Katia a bougé la main. Katia ! Katia est revenue !

LA MÈRE DE MATHIEU : *(Voix off.)* Mathieu vient d'ouvrir les yeux ! Mathieu est sauvé !

LA VIE : *(En dansant à son tour et en chantant comme pour narguer La Mort.)* La vie, la vie, plus forte que la mort, la vie, la vie…

LA MORT : Tais-toi !
La Vie continue de danser en baissant le son de sa voix.
Ils sont retournés parmi les vivants mais ce n'est que partie remise.

La Vie augmente le son de sa voix.
Le rideau commence à se fermer.

Puis d'une voix forte et autoritaire :

LA MORT : Silence !
La Vie se tait d'un coup.
Et maintenant, à moi d'entrer en scène.

La Mort passe la tête dans l'ouverture du rideau, regarde les spectateurs, à gauche à droite, les scrute généreusement.
Quelques secondes…
Et puis…
Accueillante sur un ton léger, paradoxalement effrayant et comique :

Au suivant !

RIDEAU

La pièce fait partie du répertoire de la Société des Auteurs et Compositeurs Dramatiques (S.A.C.D.)
11, rue Ballu 75442 Paris Cedex 09
Elle ne peut être jouée sans son autorisation.

Pour en faire la demande : Tél 01 40 23 44 44
OU sur le site : https://www.sacd.fr/

Ou directement en contactant l'autrice :
genevieve.steinling@gmail.com

Bibliographie

Comédies
- Ma fleur se meurt *(1 F - 2 H)*
- Le collier de la mariée *(3 F - 1 H)*
- J'ai épousé ma liberté *(2 F - 2 H)*
- Une inconnue dans la glace *(3 F - 1 H)*
- Nos actes manqués *(1 F min. 60 ans)*

Romans et nouvelles
- Un jour nouveau se lève à l'horizon *(roman)*
- Frissons sur la toile *(roman)*
- Histoires d'amour, de folie et de mort *(recueil de nouvelles)*
- La poupée qui chantait et autres histoires fantastiques.

Théâtre jeunesse
- Ado c'est mieux *(dès 8 ans)*
- Au pays des enfants *(dès 6 ans)*
- Au secours la terre est malade *(dès 6 ans)*
- Par le petit bout de la lorgnette *(dès 8 ans)*
- Les jouets se font la malle *(dès 6 ans)*
- Aglaé la sorcière *(dès 8 ans)*

Roman jeunesse
Malicia, la sorcière au poil *(à partir de 7/8 ans)*

---

genevieve.steinling@gmail.com
Site : https://genevieve-steinling.com/